둥지 속 행복한 노래

표석화 시집

한누리미디어

교직 마지막 초월초등학교에서

번천초등학교에서

자녀

자녀

세 손녀 도척 성당 새벽 미사

할미 칠순 여행 같이 한 손녀 새봄 서유럽

첫째 외손녀 단아

둘째 외손녀 나나

외손녀 단아 나나

외손녀 단아 나나

둘째 외손녀 나나

시인의 말

40여 년을 초등학교 울타리에서부터 이야기를 시작하여
칠순이 되는 날까지 학교 부모님 남편 아들 딸 손녀들과의
이야기를 자전 형식으로 정리하였습니다.

학교를 퇴직하고 죽전도서관에서 시 공부를 시작하여
시 문외한인 사람이 시랍시고 제목을 붙여서
인생 70년을 정리하였습니다

시에 관심을 갖게 울타리로 안내한 손선희 시인님
시공부 7년이 지났지만 좀처럼 나아지지 않는 사람을
성심껏 지도하시며 격려하신 김태호 시인님
앞에서만 바라보고 경험했던 사실만을 나열할 것이 아니라

더욱 숙성시켜서 쓰라고 충고해 준 최영희 시인님
초등학교 교실에서, 운동장에서 아이들의 마음으로
맑게 쓴다고 격려를 아끼지 않는 김유미 시인님
퇴직하고 농장 얘기에서 몸도 마음도 그만 내려오라고
친구를 생각하는 이경숙 시인님
죽전시 동호회 시인님들의 성원에 힘입어 칠순을 기념할
시집 한 권을 엮게 됨을 하느님께 감사드립니다.

끝으로 늘 지켜보고 있는 가족들에게도 고마움을 전합니다.

2019년 여름에
표 석 화

Contents

제2부

시
인
고
양
이

Contents

| 표석화 시집

제3부

숲에 사는 꿈을 매일 꾼다

Contents

제 4부

나쁜 여자

| 표석화 시집

19

Contents

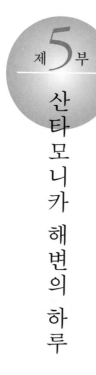

| 표석화 시집

1부

새내기 교사의 추억

새내기 교사의 추억

스무 살 새내기 교사
일주일 내내
장마루촌에서 지낸다

휴전선 북쪽에서 보내는
확성기소리에 일어나고
텅 비어 있는 토요일 오후의 운동장엔
빗자루 쓰레받기 바람에 딩굴고 있다

선생님이 앞장서 뛰어간다
30분마다 오는 문산행 버스
마을 아이들도 덩달아 뛰어간다

월요일 아침
교감선생님의 호통소리……
새내기 생활
리비교 건너 비무장지대

어느새 4학년생 인철이가 오십이 넘었다네

음악시간

교대 이년 풍금 연습
아이들이 귀가후 빈 교실에는
풍금 연습이 한창이다

도솔 미솔 도솔 미솔
왼손으로 반주하고

일이 분단 소프라노
삼사 분단 엘토
자 시작—

내 손은 풍금 위에서 춤을 추고
아이들은 신나게 노래 부른다

음악시간 손꼽아 기다리던
지금은 교실에서 사라진
풍금소리 그립다

봄 소풍

목적지도 모르고 소풍을 떠났어요
앞사람을 따라가래요
전교생이 운동장에 모여
교장선생님 말씀 듣고
줄줄이 손잡고
교문을 나서 소풍가지요

좁은 골목길 넓은 언덕 냇가 지나고
소 우리 닭장 돼지막 지나고
조금 높은 언덕에 올라
다 한 곳에 모여 김밥 먹고
보물찾기 노래자랑

저 멀리 보이는 건물이
우리 학교네요

빙글빙글 마을을 돌아 언덕에 올라서면
우리 학교가 제일 크고 멋졌던 봄 소풍

*파주 장파초등학교

국화빵

성석초등학교 후문에
국화빵 아저씨

쉬는 시간 오학년 아이들이 쪼르르
국화빵 아저씨 둘러싼다

배불뚝이
담임선생님께도 따뜻한 국화빵 하나
웃음 찾는다

국화빵 보면
40년 전 첫아이 가졌을 때
맛본 국화빵, 그 맛이 생각난다

고추 모종

비닐하우스에서 잘 자란
고추 모종을 선물 받았다

흙을 고른 텃밭에 구멍을 내고
비료 듬뿍 듬뿍
꾹 꾹 눌러 심었다

하룻밤 지나고 나니 고추 모종이
시들시들 몸살을 한다

무럭무럭 자라 꽃도 피우고
열매도 달려야 하는데
서툰 농사꾼 탓에
생을 마감한 고추 모종

엄마와 도토리묵

선물 받은 도토리 가루로
친정엄마와 묵을 쑨다

칠대 일 공식을
한참 뒤에야 알았다

밀가루와 같이 물 쏟아 붓고
불에 올려 저으니

냄비에 넘치고
연탄불에 넘치고
계속 흘러 나왔다

도토리묵 쑤려다
부엌이 온통 도토리죽 범벅이 되었다

*고양 성석초등학교

드라마 '여왕의 교실'을 보고

카리스마 있는 6학년 담임과 아이들 이야기
육학년 담임만 두 번

고양 성석초에서
결혼하고 배불러서 힘들었지
졸업사진에 배가 부른 모습이 남아있구나

시골학교 순진한 아이들과 섞여서
쉬는 시간 국화빵 한 개에도
행복했던 시절
배불뚝이 담임이 쉬는 시간
수업시간이 와도 조용한 녀석들
덕분에 교장선생님에게 호통 듣고

안양 중앙초에서는
건강한 도시아이들의 모습이 생각난다
체육시간 점심시간을 좋아했지
옆 반 여자아이와 우리 반 남자아이
눈빛을 주고 받네

*안양 중앙초등학교

28

나의 방

둘째 낳고 이년여 만에
다시 교사로
아이들 앞에 서게 되었다

아이들이 돌아간 빈 교실에서
안식을 찾는다

늘 그리던 내 자리
교무실이 아니라
교실이 그리웠지
책과 음악이 있는 혼자만의 공간에서 나를 돌아본다

"선생님들 과학실로 모이세요.
연수가 있습니다."
귀가 쫑긋
발이 먼저 달려 나간다

*용인 용천초등학교

교무실 풍경

디귿자 모양으로 1학년부터
6학년 선생님이 둘러앉는다
중앙에 교장 교감선생님
교육과정 회의한다
열심히 듣고 메모한다

앞에 앉은 총각선생님
볼과 목에 난 여드름과 싸움중
열심히 잡아뜯고 있다

그 옆자리 여자선생님 입술이 얄팍하다
립스틱은 조금만 발라도 되겠네
볼이 넓으니 분은 많이 들어가겠다

두 명 탐색했는데
오늘 회의 마칩니다.

이상

인사

*용인 양지초등학교 12학급

고추 속 간장 국물

마주보고 앉아 도시락 먹는다
교무실에서
반찬 나눠 맛보며

간장 절인 고추 한 입 물었다
앞사람 얼굴에 간장물 총 쏘며

웃음이 폴폴 날리는 점심시간
웃음이 넘치고

가위로 뎅강뎅강
칼로 싹뚝싹뚝

짭쪼름한
간장 절인 고추만 보면
간장 총 생각에 웃음이 터지네

*용인 양지초등학교

양지초 추억

학생들과 모내기를 했어요
밤나무 단지에 닭똥 뿌려 주려다
스무 살 새내기 교사는 코 잡고 도망갔지

전교생이 밤을 나누고
김장도 기른 배추로 했네

교무실 난로에 김치찌개 끓고
교무실 찾은 손님의 야릇한 눈초리
선생님인가 아줌마인가

새내기 교사 자취하는 방에서
뒤엉켜 잠도 자고
추억의 냄비 바글바글 끓는다

운동회가 있던 날

일학년 맨손달리기 장애물달리기게임 무용 끝나고
유치원 맨손달리기 장애물달리기게임 무용 시작되고

오전 내내 운동장이 시끌시끌

오전에 일학년 보내고
오후에 그 교실에서 선생님 혼자서
유치원 아이들과 지내던 시절
병설 유치원이 문을 열고
운동장에서는
오전 내내 끝도 없이 등장과 퇴장을 반복했다

*용인 양지초등학교

33

앵콜 공연

운동회 날
유치원 꼬맹이들이
무용 공연
앵콜을 받았다

이웃 중학교 운동회 날
선생님의
동작만 보고 따라 하는데……
내 머릿속이 순간 하얘졌다

두 손 들어 위에 올리고
허리 구부리고 하면서
얼렁뚱땅 음악은 끝나고
긴 한숨만 나왔다

유치원 꼬맹이들은 커다란 선물 받고
의기양양 집으로 돌아가는데

*용인 양지초등학교

딸기 가져왔어요

시골학교 소풍날
한 꼬마가
비닐봉지에 든 딸기 내보이며
활짝 웃네요

"선생님 딸기 가져 왔어요."

버스 타고 목적지에 도착한 꼬마
무릎 위에 놓고 흔들리는 차안에서
손에 꼭 쥐고 있던 딸기 봉지

"선생님 딸기가 죽이 됐어요."

웃지도 울지도 못하던 아이의 모습

나머지 공부

"선생님 공이 도망갔어요."

다섯 명의 꼬맹이들은
다른 친구들이 다 집으로 돌아가는데
남아서 한글 공부해야 해요

까만 눈의 다섯 꼬맹이 머리
하나하나 짚으며
"나, 머, 지, 공, 부, 해야 해."
했더니
네 번째 꼬맹이가 교실을 나갔다

하루 종일 공부한 꼬맹이들에게
교실에 또 남아 있으라니

'공'이 운동장에서 굴러다녀요
"오늘 나머지 공부는 공차기다."
다섯 명의 꼬맹이는 신나게 공을 찼어요

운동회 날 나부끼던 만국기

창고에 둘둘 말린 채
먼지 속에 누워 있던 만국기
모두모두 달려들어
운동장에 펼쳐 놓고 재활용

엉킨 줄 풀고 구겨진 주름 펴고
재활용하는 것인 줄만 알았네

지금은 한 번 쓰고 버리는 일회용인 것을

교실 풍경 · 1
– 난롯불 피우는 날

오늘은 영하 3도
난로 피우는 날
운동장 게양대 옆에 하얀 깃발 펄럭인다

교실에서 난로 피우느라 바쁘다
장작은 교실마다 양이 정해 있고

두세 시간 지나면 교실은 영하의 온도
눈치 빠른 당번
교실 구석에 장작을 숨겨두었지

당번 선생님은 돌아다니며
숨긴 장작 찾아내고
그 때 그 아이들 실망하는 낯빛
지금도 기억하려나

모두가 힘들었던 그 시절

교실 풍경 · 2

– 난롯불 피우다

교실에 아이들 오기 전에
난롯불 피운다
따뜻한 온기 속에
아이들 맞으려

신문지에 불붙이고
얼기설기 놓인 나무에
후 우
바람 일으킨다
불이 붙는 듯하다가
다시 꺼진다
연기 속에 눈물이 난다

아이들이 하나둘 오고
마음 바쁜 선생님
눈물 콧물 흘리며 난로 앞을 지킨다
기사님 도움으로 간신히
난롯불 지펴지고
온기 가득한 교실
하루가 시작된다

둥지 속 행복한 노래 |

교실 풍경 · 3

- 겨울이 오면

교실은 바쁘다

난로 받침 놓고
창고에서 연통 받아오고

모래주머니
안전거리 표지판
삼각뿔

규칙 만들어 매달고
해마다 선생님은 더 바빠진다

깨끗하게 뒷정리했는지
물이 부어져 있는지
확인하고 사인한다

모두 이상 무
한겨울을 넘는다

배추흰나비

배춧잎 뒤에 배추벌레 알이 붙어 있었다
화분에 담아 교실로 가져온 배추

열심히 물 주었더니
하루이틀
알이 애벌레가 되어
배춧잎 갉아 먹네

다시 번데기 되어 잠자더니
몇 날이 지나고
교실 문 여니

흰나비가 날아다니네

교실 안에서 나풀나풀
아이들과 함께 춤을 추고 있었네

낡은 타월 만나다

호성초등학교
이름 박힌 타월
25년이 지난 낡은 타월
발 닦으려다 깜짝 놀라
그때의 추억 속으로 새록새록

서울 가든아파트 1동 106호
어머니도 아버지도 안 계신 도봉산 기슭
25년 전 추억 보듬고 한 곳에 남아있었네

그 시절
근무지였던 안양 호성초등학교 때
받은 타월이 다시 내 곁으로 오다니

두 분이 안 계신 가든아파트
옛날을 되돌아보게 하는 타월 한 장

손을 놓으면 안 돼

짝꿍 손 꼭 잡고
놓으면 안 돼

쉬가 마려운데도
참고 또 참았어요

그리고는 쉬가 저절로
짝꿍 손 꼭 잡은 채

점점 바지는 차가워지고
엉거주춤한 걸음

소풍시에도 비상바지와
팬티 준비해야 하느니

뜀틀넘기

초등학교 육학년 담임
체육복으로 갈아입고 집합
준비체조
체육관 몇 바퀴 돌고
뜀틀 앞에 모두 앉아
설명을 듣는다

줄 서서
한 명씩 한 명씩
뜀틀 넘는다

잘 넘는다
한 칸
또 한 칸
높여도
참 잘 넘는다

나는 한 번도 넘어본 일이 없는 뜀틀넘기
학창시절 줄만 서 있다 끝난 뜀틀넘기
오늘도 마음으로 따라 넘는다

아이들의 사랑

점심시간
무심코 창밖을 내다보니
육학년 우리 반 남자아이와
옆 반의 여자아이
둘의 다정한 모습에
슬쩍 눈길이 가네

아들 뺏기는 기분이랄까
착한 여자아이일 테지만

*안양 중앙초등학교

과제를 내랬더니

쓰느라 ㅎ ㄷ ㄷ 했다(후덜덜했다)
ㅆ ㄸ 이 사라진다
시간이 없고 귀찮아 ㅅ ㄷ 으로 쓰고
모음이 탈락한다
죄송 ㅈ ㅅ
감사 ㄱ ㅅ
복모음이 사라진다
안돼가 안대
뭐가 머가

그렇게 과제를 한다
디지털 시대 주고 받는 문자들
세종대왕이 운다

ㅃ 2 는 빠이
ㅅ ㄱ 은 수고
ㅉ ㅉ 은 쯧쯧
ㄷ ㄷ 은 덜덜
ㄴ ㄴ 은 노노
ㅂ ㅇ 은 바이

ㅂ ㅅ은 병신

초등학교에서 받아쓰기 하면
영점이겠네

교실은 사철 꽃밭

교실 문 열면
달려오는 꽃내음
꽃밭에 들어선 듯

나팔꽃 넝쿨이 올라가고
오이순이 동글동글 끈 잡고
오이꽃에 오이 매달리고
작은 꼬투리에 동그란 고추 맺히고
꽃 오이 고추들이 아이들과 어울려 교실에서 자라네

아침이면 창 열고
화분에 물 주며
멀리 보이는 꼬마들과
눈인사한다

나팔꽃 너머 꼬맹이들이
재잘거리며 달려오는 소리
꽃밭 속 아이들과 얼굴 맞대는
하루가 시작된다

바이러스와 싸워요

주사 바늘이 피부를 찌르는 통증
이불 속에서 끄응 앓고 있지요

홍시처럼 달아오른다
기운이 다 빠져나간다

바이러스와의 사투
이겨야 해

채혈을 하고 의사에게 보이고
초음파로 확인도 해야 해

바이러스, 이래도 내 몸 괴롭힐 거야

어느 해

아침 일찍
병원에서 피를 뽑고
하루를 시작한다
일을 마무리하고

예약한 시간에
의사와 만난다
내 피 속에 바이러스 확인하고
약 처방 받는다

그리고 한해를 보냈다

의사 말
이제 완치가 됐군요
축하합니다

2부

시인 고양이

러브 스토리

K에게 으스대며
중학교 때 스케이트 탔다고 했다
스케이트 데이트는 최고의 멋
K는 데이트에 폼 잡겠다고
몰래 스케이트 연습하다
얼음판에 넘어져 멍이 들어
파스냄새 풍기며 내 앞에 앉았다
스케이트가 맺어준 인연
겨울 백조를 꿈꾸며
행복해 하던 추억의 스토리 한 토막

5초의 사랑

고추잠자리 내 어깨에
레이스 날개 접고 살포시 앉는다
빨간 꼬리 슬쩍 올리더니
무지갯빛 날개 퍼덕이며
하늘로 날아갔다

잠시라도 곁에 있는 시간
옆에 있어 주는 게 사랑이야
순간의 사랑
기쁨

줄 얘기

이사 온 이웃과 마주 앉아
고향은 어디세요
학교 직업 묻고 나니
물미역처럼 부드러워졌다
커피가 모락모락 김이 오른다

우리 사는 세상
이 줄 저 줄 찾아
탄탄한 줄을 양손에 잡고
입으로 정의를 외치는 그대
행복을 말하는가
썩은 동아줄도 없는 이들
어떻게 살아가나
오마이 갓

이야기할 사람이 없네

수십 년을 아침에 등교 오후에 하교
퇴직을 하니 옆이 텅 비어 있다
도서관은 휴관 탄천은 땡볕
갈 곳이 없네
저녁 모임인데
아침부터 집을 나와 헤맨다
되돌아가고 싶다

혼자 비빔국수 먹고 영화관에 갔다
할인해 드릴까요
당당하게 앉아 공포 영화를 봤다
저녁이 오려면 아직이구나
참 긴 하루

나의 손

집안일 하다가
립스틱 짙게 바르고
톡으로 친구 사귀고
마른 잎새 같은 손 부끄러워
매니큐어도 멀리했다
동창 친구 손이 예뻐서
남자 사랑 받았다고 자랑이네
감추고 싶은 내 손

모두가 한 가족

아침이면 까치가 깍깍
뻐꾸기 고양이 참새도 노래하지요
자동차소리 나면
딸랑딸랑 두부장사
고물 삽니다
오래 된 물건 삽니다
뒷정원에서는
까치가 부리를 쪼고
앞마당엔 아기고양이 울음소리
모습이 다른 동물들이
도심 아파트 정원에 모여 사네
모두가 한 가족

귀 기울이니

무심하게 듣던
일상의 소리 귀 기울이니

째깍째깍 시계 초침소리
으잉 냉장고 엔진
뽀그르르 어항 속 산소소리
쏴쏴 위층에서 물 버리고
쿵 쿵 걸어다니는 소리
끵끵 먼지 찾는 로봇청소기
이웃집 피아노소리

가족이 돌아와 덜컹 문 여는
하루를 마무리 짓는 소리들
보는 사람 없이 거실에서 흘러나오는 TV
새근새근 손주들이 숨쉬며
크크크 하비의 코고는 소리
다다다닥 열 살 충견 레티샤 뛰어 다니는
고요 속에 들려오는 일상의 작은 소리가
오늘 따라 유난히 정감이 가네

일부러

착한 척하는 거지
신부님 앞에 고해할 때
아주 작은 목소리로 말하면서
연봉을 한 달에 혼자 쓰는 꿈
친구들이 우쭐거려도
듣고만 있으면서

새로 산 압력솥을 시커멓게
태워 놓고 시침 떼고 모르는 척
남편과 손주들에게 소리지르며
우아하게 시 쓴다고 폼 잡고 싶었대요
고해하는 마음입니다

집에 혼자 있으려니

현관 벨소리
소독하러 왔습니다
구석구석 소독하네
살림살이가 부끄럽다

전화소리
정수기 점검한다는데
정수기 놓인 자리 또 신경 쓰이네
문자 메시지
택배라 하네
부동산에서 투자하라네
마트 물건 배달
현관이 또 마음 쓰이네

집에 혼자 있으니
벨소리 전화소리에도 깜짝 깜짝
모델하우스 같은 살림
만만치 않네

집으로 돌아왔다

춥고 어두운데 어디 있었니
레티샤*가 사용하던 그릇도 치우고
용품도 다 치워야지
이제 귀찮은 일이 없겠지
말끔한 현관에 자전거를 놓아야지

늦은 밤 인터폰소리
저녁나절 집 나간 레티샤가 돌아왔어요
으이구! 좋다 말았네
고층에서 지하까지 오르락내리락
아파트 정원이랑
동네 공원도 한 바퀴 돌고
어찌어찌 돌아서 집으로 왔다

*충견 열 살 레티샤

그림 그리는 할머니들

색연필 쥐어주는 선생님
주름 얼굴 예쁘다고 하니
웃는 할미꽃 단발머리 소녀를 그렸다
보고 싶은 딸일까
할머니도 소녀시절이 그립겠지
선생님이 말벗 되어주고 벗 되어주네
요양원 할머니들
이승이 그림이네

*머지않은 날 나의 이야기

내 얼굴

미용실 거울 속 나의 얼굴
엘리베이터에서
영화관 화장실에서
화장품가게 거울에서
곳곳에서 만나는 얼굴
얼른 고개 돌린다
지그시 눈을 감는다
그때마다
낯설어도 그냥
히죽히죽 웃는다

나를 정리하자

움켜쥐고 있던
걸어온 삶의 계급장들을 떼기로 한다

혼신을 다해 한 계단씩 오르며 달았던 삶의 훈장들

쌓여 있는 옷깃마다
주렁주렁 달려 있는 수많은 사연들

흐르는 물에 띄워 보내고
깃털처럼 가벼이 흐르고 싶은데

오늘도 움켜쥔 두 손 바라만 보고 있네

봄이 오시나

핑크색 원피스로
하늘하늘 멋내려 했는데
꽃샘추위에 덜덜덜

두툼한 내의로
나들이했어요
따스한 햇살에
송글송글 맺히는 땀방울

꽃샘추위도
해님도 어리둥절

시인 고양이

뻐꾹뻐꾹
삐삐삐삐
봄날 뻐꾸기 소리
게을러 둥지 틀지 않는 뻐꾸기
개개비 둥지에 밀어 넣은 알
깨어난 아기새
먹이 독점하고
아기 개개비
날갯짓으로 둥지에서 밀어낸다

어른이 된 뻐꾸기
엄마 노래 듣고 날아간다
뻐꾸기와 개개비 소리에
시인 고양이
봄날에 고단한 낮잠 설친다

맘 편히 살기

이쁘다는 말과
거리가 멀었어도
그도 아기 때는 귀여웠겠지
콤팩트로 두드리는 뽀얀
친구 얼굴 따라 두드리며
뭉글뭉글 피부 감추려고
빨간 립스틱으로 마무리짓고
명품 포장하고 산 세월
이제 다 벗어 던지자
검버섯 얼굴
각질 팔다리
나이만큼 어울리네
이제 맘 편히 살아보자

유전자

여름방학 숙제
책갈피에 말린 꽃잎
스케치북에 다시 꽃으로 피어났다

예쁜 모습 모두가
전시회에 한 몫을 했다

상장도 받았다
새로운 꽃을 만든 창의성
이것이 빼어난 솜씨

디자인시대
디자이너가 된 것은 타고난 유전자

차를 마시며

가사 실습시간 홍차컵
선생님 설명이 끝나기도 전에
홍차 티백 종이를 찢었다
물에 넣고 우려 마시는 것인데
우리 조는 그날 선생님의 눈총
나는 조원들의 눈길

집에서는 대접에 숭늉 마시듯이
후루룩 후루룩
군대 간 남동생이 누나 집에 온다네
사십 년 된 컵과 받침 꺼내
오랜 홍차 향기 느껴 본다
그때의 추억이 찻잔 속으로

신혼 첫날

설악산 신혼여행
흔들바위 앞 기념촬영하고
신사임당에게 인사도 하고

난생처음 붙인 속눈썹이 덜렁거리자
예쁘게 정성들인 화장도 얼룩지고
기다리던 첫날이 회오리로 지나갔다

괌 여행중

비행기 티켓
딸이 준 선물이다

괌을 다 담을 듯
카메라 셔터를 누르는 남편
이구아나도 보고 싶었는데 슬쩍 실망

소원이 이루어지는 종이라기에
수없이 줄을 당겨도 보고
사랑의 절벽 밑 바다만 예쁜 소리로 출렁거리고

가족과 삶의 변화

1976년 5월 9일 남편과 서울 종로예식장에서 결혼식을 하고
신혼생활이 시작되었다
친정엄마의 친구 소개로
키가 큰 서울 양반 회사원을 선택했다

불광동 문간방 1칸 40만원 전세에서
연탄아궁이로 방을 데우고 석유곤로로 밥을 해 먹고
아이스박스에 얼음으로 김치를 시원하게 담가 먹었다

임신을 하고 배가 불러오며
학교에서 가정에서 힘든 생활이 시작되었다
교실에서 교무실에서 쩔쩔매며
집에서도 여전히 행복한 시간은 없고
점점 나의 마음과 몸은 황폐해 갔다
선생님들 사이에서 나도 모르게 왕따가 되어
과감하게 사직서를 내고 행복을 찾으려 했다

둘째가 생기고 나서도 가정의 행복은 쉽지가 않았다
경제적인 면에서, 딸과 아들의 교육면에서
새로운 갈등이 생기기 시작했다

72

동화책을 사는 문제에서부터
학원에서 피아노나 수영강습을 하는 문제에 이르기까지
불거진 갈등은 대화의 단절을 가져왔다
동화책을 멀리하며 쌓이고 쌓인 나날에서
딸이 결혼을 해서 집을 떠났다
아들이 결혼하면
나 혼자 마음 편하게 살아야지, 희망을 가지고 살았다

기다렸다는 듯이 딸 가족이 손녀와 함께 나에게로 들어왔다
남편은 이미 내 마음에서 떠나고 없었다
손녀가 마음 가득 들어와 버렸기 때문이다

남편에게서 벗어나 손녀와 행복한 나날이 4년간 계속되었다
작은 손녀까지 생겨서
내 옆에는 두 손녀가 항상 같이 있었다

2015년 2월 딸 가족이 미국으로 연수를 떠나면서
자연스럽게 남편과 둘이 남게 되었다
남편이 늙은 노인으로 보였다
언제나 내 옆에 변함없이 묵묵히 나를 기다리는 것이었다

73

내 옆에 가까이 오지 못하고 곁을 맴도는 남편에게
이제 내 옆에 있어 달라고 사랑을 호소했다
내 옆에 있어 줘서 고맙고 감사하다고도 고백했다

그동안 손녀 위주의 반찬과 식단에서
남편 위주의 아침저녁 따뜻한 밥을 하게 되었다
6년 만에 둘이 한 침대에서 손을 잡고 잠을 자기 시작했다
같이 영화 보고
같이 전철 여행하고
텔레비전도 한 채널을 보게 되었다

이제는 둘이 같이 의지하며 살려 한다
힘들지도 않고 밉지도 않은
편안한 몸과 마음으로
변화된 상황에 감사하며
앞으로 둘이 행복한 여생을 보내고자 다짐한다

슈만과 클라라

슈만과 클라라
이 십여 년
동료선생님들이 지어준 이름
지휘도 노래도 잘 하는 남선생님
여선생님이 좋아했다네
찐 감자도 몰래 육학년 교실로 보내고
옥수수도 보냈나 아리송하네

수십 년이 흐르고
클라라 눈이 오네요 슈만문자
클라라는 행복한 미소

정년퇴임하고 손자 손녀
나는 네 명이에요 슈만
나는 손녀만 세 명 클라라

할미 하비 된 슈만과 클라라
다정하게 지내지요
휴대폰 문자 속에서

같은 느낌이에요

클라라

아스라한 추억 속에
가슴이 훈훈해지네

아!

우리도 그런 때가 있었지
그때 샘들이

어떻게 그리도 재미있었는지
돌아보니
어린아이처럼 마구 행복해지던 기분
아시지요

*슈만 답글

| 표석화 시집

닭발 닭똥집

교원대 기숙사 지나
후문 내려가면

막걸리와 닭발 닭똥집 파는 곳
시험 끝나면 우르르 몰려나가
닭발과 닭똥집만 먹었다

기숙사에서 수년을 보내며 수업을 들락거렸지만
나는 여태 그것을 입에 넣지 못한다

지금도 기숙사 후문 옆에 가면
그 풍경을 볼 수 있으려나
그것이 궁금하다

둥지 속 행복한 노래 |

교원대학원 시간표

컴퓨터 c언어
에너지 책

여름방학 3주간 선택 공부에 들어갔다

에너지는 책이 원서네…
컴퓨터 워드나 메일조차 헤매는데
컴퓨터 c언어는 한글이 좀 보이네

컴퓨터에 숫자와 기호
세모, 네모, 동그라미
다양한 색깔, 어렵다

모두 집으로 돌아가는데
컴퓨터c 언어에 매달려 끙끙 앓는다

꼬맹이들이 하는 공부
다시 돌아와
과외공부 신세

간신히
간신히
시험에 통과해서
졸업했지만

컴퓨터 c언어 선택한 순간부터
머리에 쥐가 났다네
아! 컴퓨터 c언어여
교원대 기숙사여

밤 11시

수원대에서 심리 공부하고
돌아오는 길

몸은 파김치가 되고
입에서는 마른 단내가
바작바작 나는데

경찰이 앞을 막고
음주운전 체크하네
"후"

술이라도 마셨으면 하는 밤
별안간 안개에 싸여
아무것도 안 보이네
안개 속에 나 혼자네

계속 앞으로 가야 하나
서 있어야 하나
뒤로 갈 수는 없는 시간……

*용인 어정초등학교

| 표석화 시집

이종금 선생님

55살 살고 하늘나라에 가셨네

교사 시절 찍은 사진 속에서 해맑게 웃고 있는데
어린 딸 정 듬뿍 주고는
시집도 못 보내고 그리 속히 떠날 줄이야
어느날 고통 안고 갑작스레 가버려

생각하면 그 이름과
딸이 생각나
가슴이 저려오는구나

첫 담임이 제일 좋았다는 딸
위가 아파서 친구들과 만나지도 못했다며

이제는 아프지 않은 하늘나라에서
딸내미 지켜보고 있겠지

홍마심

삼박 오일
홍콩 마카오 심천 여행했어요

홍콩
마카오
심천
여행사 직원도 볼거리도
다 달라요

세계지도에 동그라미 치며
다녀왔어요

모두 모두
모여서 사진 찍고
빨리 빨리 밥 먹고 떠나고
주(走)마(馬)간(看)산(山)

일상에서 벗어나
즐기고 온 여행
또 그럴 수 있을까

하늘나라 간 친구야

– 풍덕초 이순영 선생님을 기리며

"도서관 근처에서 냉면 같이 먹자."
"그러자 친구야."

그리고는 여름도 오기 전에
저 혼자 하늘나라에 갔다네

나는 어쩌지 친구야
냉면을 같이 먹어야지

사위 얼굴도 못 보고
손주도 못 안아 보고
할머니도 안 돼 보고
어쩌자고 그리 빨리 갔나

하늘나라에 간다고 말이나 하지
야속하게 말도 없이 가버린 친구야

매달 보내던 인사 메시지는 어디서 헤매일까

그 목소리 듣고 싶어
오늘도 띄우는 메시지 메아리가 없네……

3 부

숲에 사는 꿈을 매일 꾼다

버스 종점

156번 버스 종점에서 내리면 상가가 있어
지날 때는 온기도 있고
구경거리 많아 좋았지

상가를 지나 냇가가 나오고 다리를 지날 때
칼바람이 부는 겨울을 맞기도 하고

다리를 지나면 질척한
밭길을 따라 덩그마니 밭가운데 있는 우리집

하늘에 계신 엄마는 이 멀고 먼 밭길을 싫어했다
추운 바람이 부는 다리가 더 싫다 했다

그 다리 먼 밭두렁에
추억이 서려 있다

연탄난로

김장을 하고
거실에 들여놓은 난로

빨간 연탄불 위에
물주전자를 올려놓는다

끓는 물 따라
창문 넘어 겨울이 오고 있었다

불조심
모래주머니 대신 물주전자가 놓이고
안전선 대신 거실 의자가 있었지

점검표는 엄마 마음이고
확인도 사인도 엄마 마음이지

둥지 속 행복한 노래 |

김치잔치

배추 백포기
무
알타리
파
마늘
생강
미나리
갓
리어카에 가득 싣고
며칠 동안 김장을 했다네

겨울 내내

김칫국
김치찌개
김치전
김치만두

김치만 먹고 살던 겨울
도시락 반찬도 김치였어

가방에는 항상 김치냄새가 배어있고
교과서도 김칫국물로 붉게 물들어 있었지
김치가 나를 키웠다

둥지 속 행복한 노래 |

구율리아와 김율리아나

구율리아 할머니
2008년 6월부터 자리에 누웠다

김율리아나
2008년 6월 22일 생

아기는 자라고
할머니 점점 기력 잃어가고 있었다

아기 몸무게 늘어 가는데
할머니 몸무게는 점점 줄어들고

아기 말 하나하나 배워 가는데
할머니 말 하나하나 잊어가고

아기에게 이름 주고 떠난
증조할머니 먼 하늘나라로 가셨네

그대 아직 숨쉬고 있는가

어느 해부터였던가
병원 드나들며
약을 달고 살던 아버지

올 여름엔 걸음마저 부실해
기저귀 차고
자목련이 피는 도봉산 아파트에도 못 가셨네

중환자실 드나들며
투석까지
한 모금 미음에 매달려 있네

마지막 안식 찾아
송파노인병원으로 자리 옮기니
아침저녁 간식도 맛있게 드셨다네

인명은 재천이라 했던가
떠나는 그 순간까지
최선을 다하는 모습
그대, 아직 아름다이 숨쉬고 있음이여

아버지의 흔적을 느끼며

아버지가 안 계신
도봉산 서울 가든아파트
아버지의 향기 느끼며 돌아본다네

휠체어 지팡이 옆
오줌통의 오줌 냄새 남기고
전기스탠드 돋보기안경은 주인 잃어 멍청하게 있네

침대 소파 의자도
냉장고 TV 세탁기 에어컨 선풍기도
그대로 있구나

거실에
기르던 국화화분도 말라가고 있고

가스요금 신문값 청구서
쌓여 있네
25년 전에 드린
낡은 타월이 나에게로 다시 오는가

아버지가 안 계신 도봉산
서울 가든아파트여 안녕

엄마 옆으로 가시려나

민들레 깃털 같은 머리카락
눈빛은 갓난아기였다

기저귀하고 누워 있는 모습
갓난아기 모습이다

냠냠 잘 드시는 모습은
이유식 잘 먹는 아기 모습 같네

태어난
갓난아기 모습으로 다시 돌아가네

먼 나라 가시려나
천사아기 모습으로 다시 돌아가네

울지 못하는 덩치만 큰 아기
밥 먹이고 쉬하다가
엄마 곁으로 가시려나

그해 여름 점심 드시고

외손녀와 정답게 이야기하시다
하늘나라 엄마 곁으로 가셨다네
천사 아기 모습의
아 버 지

이승에서 저승 사이

지하 1층 9호실 고인 표영신 바오로
빈소 자리에 모셨다
아버지 영정 앞에 진열되어 있는 휘장들
사위들 경기대 배재고등학교 휘장
서울고등학교 서울대학교 휘장
아들 양정고등학교 가톨릭대학교 휘장

공직에서 떠난 엄마 아버지 대신하여
아들 딸 며느리가 한몫 하고 있네
표영신 아버지 아내 곁으로 가는 길에
장식하고 있네

생전에 미리 준비한 노란 베옷 입고
하늘나라 가실 준비하고 계시네

자목련도 지고

구순을 앞둔 아버지
병실에서 나오셔서 자목련을 보며
시를 짓고 계셨네

아버지 오래 사세요
기원하건만
자목련 꽃이 지고
새빨간 넝쿨장미도 떨어지고

온 세상이 푸르름 속에 있는데
기저귀 찬 아기가 되어가고 있었네
천사 되어서 모든 걸 훌훌 털고
하늘나라 가셨다네

이제 도봉산 가든아파트 정원
자목련 홀로 피었구나

천보묘원

2008년 8월 14일
2013년 7월 25일

구본두 율리아
표영신 바오로
두 분이 하늘나라 가신 날이다

포천 천보묘원에
나란히 이름 새겨져 있네

두 분을 포천에 모시고 집에 오는 길
눈물처럼 비가 내리네

선후배 모여서
토닥거리며 마음을 나눈다
꽃 속에 파묻혀
이 세상과 마무리를 하고 계신다
사진 속에서 웃음도 지으시며

수십 년 전에 퇴임을 한 표영신

머리가 하얀 제자들과
교장선생님 모두 모두 자랑스럽다

구파발 지축리에서
돌아가신 할머니도 기억하네

표영신 바오로 참 잘 사시다 가셨네

하늘길

비행기표 필요 없고
큰 가방도 필요 없네

두 분 손잡고 날아가려나
캐나다까지 설날 제삿밥 드시려

어찌 다녀오셨는지
얘기나 해 주시구려

어린 손자 손녀 증손녀
선물은 어찌하고

빈손으로 오는 길
참 재미 없었겠다

| 표석화 시집

숲에 사는 꿈을 매일 꾼다

커다란 집 짓고
빨간 지붕 올릴까
평상에 누워
별이 반짝이는 하늘을 본다

나를 노려보다 도망가는
멧돼지의 시선과
계곡에 발을 담그고 있을 때
휙 지나가는 고라니와
까마귀가 맴도는 하늘을 보며
숲에 사는 꿈을 꾼다

더딘 내 걸음
숲에 갈 수 없어
마음만 날마다 거기에 있다

그립던 어머니 만나
봄나물을 같이 뜯고 있었는데
다시 눈을 감아도 소용이 없네
빨간 지붕 커다란 하얀 집
어머니 내 옆에 안 계시네

101

큰이모

한줌의 흙이 되기보단
백송이의 꽃으로 피어나라던
큰이모

칠십 세에 등단하여
날개를 단 큰이모

큰이모 구창본시집이 어디 있더라
인터넷에는 살아계시네
따스한 햇볕처럼

일찍이 남편을 잃고 세 자녀와 살아온 세월
수십여 년을 초등학교 교사로 계시다 퇴임 후
기침이 심해 병원에 누우셨지

나 기침이 멎었구나
그 전화 마지막으로 백송이 꽃이 되셨는가

아 큰이모

*백송이 꽃 : 장기 기증 캠페인 방송 제목

꽃씨 모으기

엔젤트럼펫
풍선초
풍접초
천인국
백가지
화초 토마토
2009년 가을
번천학교 운동장가에
꽃들이 만발했어요.
천사의 나팔
하늘을 보고 하얀 나팔을 열심히 불더니
땅을 보고 열매가 맺혔네요
어느 날 그 열매가 씨앗을 땅에 쏟아 놓네요
그러더니 겨울을 맞을 준비를 다 했나 봐요
나팔도 불지 않아요
풍선초
동글동글 예쁘기도 해라
줄을 타고 작고 앙징맞은
연두색 풍선이 매달렸어요
밤색으로 변한 풍선을 만져보니

까만 씨앗이 들어 있네요
씨앗도 앙징맞아요
풍접초
하늘하늘 분홍색 꽃을 피우더니
기다란 씨앗주머니가 생기고
그곳에 까만 씨앗이 우루루 쏟아져 나오네요
꽈리는 심지도 않았는데
매년 그 자리에서 피고 맺고
초등학교 시절이 생각납니다
단단한 것을 잘 만져서 말랑말랑하게
만들어서 내용물을 정교하게
빼내야 꽈리가 잘 불어지지요
백가지
하얀 가지가 노랗게 되면 다 익은 거라네요
모양이 달걀 같아요
화초 토마토
예쁘고 알이 토랑토랑 매달렸어요
가지를 잘라서 교무실에 기사님이 걸어 주었어요
내년에 그것을 심으면 또 나올래나?
화초 고추

하늘을 보고 기다랗게 자태를 자랑하지요
3년 전에 기사님이
씨앗을 가져다가 모종을 만들어
학교에서 계속 사랑을 받고 있어요
동그란 고추는 엄마 요양원에서
1개를 따다가 일 년 지나
교무실에서 발아를 해서
작은 화분에 성공을 했어요
그 다음 해 봄에는 동그란 고추가 잘 안 됐어요
엄마를 생각하며 동그란 고추를 사랑했는데……
9월에 1개 남은 둥그런 고추가
발아를 하여
모종을 만들어 겨울인데도 도서관
창가에 동글동글 매달려 있어요
봉숭아 꽃
손톱에 물들이는 봉숭아는 친정 엄마랑 같이
매년 여름에 오순도순 지냈는데
이제는 하기 싫어졌어요, 그래도 사랑해

번천에서 2009년 12월

번천 신사

키다리 아저씨
동료 배려하고
짜증을 속으로 삭이는 아저씨
경조사 모두 챙기고
본인은 참석하여 축하만 하라네

키 크고 멋진 키다리 아저씨
사춘기 육학년 아이들의 영원한 우상
선생님 앞에만 서면 순한 양이 되는구나

부인은 또 어쩌구
남편 구두는 항상 반짝반짝
바지 주름은 칼같이 서 있다네

이제 초등학교 울타리 벗어나
산 오르고
낚시하고
여행하며

부부 위해 살아간다네

광주 나들목

고속도로
차들이 분주하다

길 건너 아이들이
학교에 오려면
광주 나들목을 지나야 한다

등굣길 아이들을 맞이한다
1학년 예쁜 단아 아이
2, 3, 4, 5, 6학년
모두 다 아는 얼굴
오늘은 누가 늦게 오고
누가 빨리 올까
단아가 오면 마을
아이들이 다 온 셈이다

광주 나들목
지켜서서 아이들을 맞이하던
내 모습이 그립다

*광주 번천초등학교

참새떼

토끼우리 옆에
닭장
닭장 속에는 참새떼가
함께 살아요
닭 모이도 같이 먹고 살아요
휘이휘이하면 후다닥 날아가서
전깃줄에 앉지요

사람 눈치보다
우루루 내려와서
닭 모이도 같이 먹어요

어느 때는 친구들도 데리고 와요
많은 참새떼들

'참새집' 이라고 써놔야 하나
아이들이 관찰하게

*광주 변천초등학교

꽃에게 말 걸기

이슬비가 내려
슬며시 땅을 적셨다

초등학교 운동장 구석마다
보라색 제비꽃이 앙증맞은
자태를 자랑하고 있다

비에 젖은 꽃들을
한 곳에 옮겨 심었다

비가 멈추고
눈이 부시게 비추는 햇살

제비꽃들은
다 시들어 버렸네

그냥 그곳에 둘 걸
제비꽃 앞에 내 얼굴이 붉어졌네

봉숭아 물들이기 · 2

백반을 갈아
봉선화 꽃과
섞어 손톱에 올리고
실로 묶어

"누가 오래 참나 내기하자
참는 공부야."
꼬마들과 약속을 했지요

쉬는 시간에 한 꼬마가 쪼르르
달려와 일러준대요
"신영이가 여기서 나가자마자
빼서 쓰레기통에 버렸대요."

"저는 아직도 그대로 있어요
밤중에도 안 뺄 거예요."

다음날 아침
새빨개진 손톱을 자랑하며 보여주는 아이
"저는요, 아침까지 안 빼고 참았어요."

봉숭아 물들이기가 다시 시작됐어요
꼬마들과 함께
손녀들과 함께

올해도 과꽃이 피었습니다

점심 식사후
운동장에 보이는 과꽃
앞에서 두 손 모으니
노래가 나오네요
"올해도 과꽃이 피었습니다."

교실 창문 열고
선생님이 예쁜 얼굴 내밀며
미소짓네요

서로 멋쩍게 웃습니다
그래도 노래를 끝까지 불렀어요

"꽃밭 가득 예쁘게 피었습니다.
누나는 과꽃을 좋아했지요 오.
꽃이 피면 꽃밭에서 아주 살았죠 오"

이층 창문에서는
꼬맹이들이 내다보고
박수를 치네요

한 발을 뒤로
양손은 앞으로 무대 인사하고
행복한 점심시간 마무리하지요

*광주 초월초등학교

넝쿨장미 오월

초등학교 시절
이층 양옥집 넝쿨장미 정말 부러워

신혼시절 문간방 살며
넝쿨장미 집 얘길 하곤 했지

남편은 광주 도척면 작은 터에
제일 먼저 넝쿨장미 심었어요

내가 초월초등학교 와서
제일 먼저 학교 운동장 울타리에
넝쿨장미 심었다네

5월이 되면 내 마음에
넝쿨장미는 항상 흐드러지게 피어나지요

4 부

나쁜 여자

달콤한 말

손녀 이름 지으려 작명가 찾았다
할머니 이름이 뭐냐고 물어보네

할머니 눈이 살아 있어
이름으로 큰일을 했다 하네
작명가의 말에
큰일을 한 사람이 됐다

앞으로 더 큰일 할 거다
육십이 넘고 칠십이 됐지만
더 큰일을 할까
그래, 내 눈은 살아 있지

교육자의 삶

황조 홍조 녹조 근조
수십 년 세월의 언덕을 넘어서야
받을 수 있는 훈장들

하늘이 허락한 표창까지 더하면
셀 수 없는 세월 속에 스쳐간
깨알 같은 제자들을 뒤로하고
공직에서 물러났다

가슴에 안긴 훈장들과 맞바꾼 생
헛헛한 마음
이제 무엇으로 살아갈까

허전한 날

목요일
시 공부하는 날에다
쓰레기 분리수거도 하는 날
두 손녀와 같이 분리수거를 했다

성당 반모임하는 날도 겹쳤네
다른 중요한 일이 생겼다고 문자를 보냈다

교육청에서 전화가 왔다
스승의 날 점심시간에 참석하라고
갈까 말까
오래 전 서울 종로예식장에서 결혼식 올린 날

그냥 도서관으로 향했다
큰 가방 속에 종이컵과
커피와 차 수저를 넣었다

식당에서 우아하게 커피를 마셨다
루왁 커피향을 떠올리며
분주히 돌아온 집 평온한 일상

어제처럼 손녀들과 저녁을 먹었다

장미꽃과 와인
진주목걸이가 필요한 것은 아닌데
왠지 허전하다

남편과 나

남편은
물기 있는 컵을 그대로 장식장에
환기 안 시킨 화장실
등은 켜놓고
작은 냄비는 넘치고
싱크대에 얼룩 투성이
TV를 켜고 잠드는 일 일상이다
뒤집어 놓은 고무장갑에 구겨진 수건
산에 가는 것도 산책도 싫어하고

나는
소쿠리에 물기를 빼고
화장실 환기시키고
등은 끄고
큰 냄비에 보글보글 국을 끓이고
얼룩을 지우고
TV를 끄고 잠을 자고
제대로 올려 놓아도
농사짓는 것은 싫어하고
남편과는 정반대

40년을 살면서
아내 따라 고치려고
남편 따라 고치려고

오늘도 주방에서 화장실에서
자기 주장만 하고 있네

신혼을 그린다

신혼살림을 시작한 문간방
엄마의 김치는 넣을 곳이 없어
아이스박스 얼음 위에
김치를 보관했다

날마다 얼음 한 덩이 들고 가던 신혼집
추억의 아이스박스는
지금도 창고에

고무장갑 때문에

뒤집혀 구겨져 있는 고무장갑 보기 싫어
새 장갑을 감춰두고 쓰고 있었다
뒤집어 놓은 것 그대로 몇 날이 지나갔다

며칠 후 헌 장갑은 뒤집힌 채로 있고
내가 사용하던 새 장갑이
또 뒤집혀 있네

바르게
장갑을 끼고 설거지하고 싶었는데
큰소리를 쳤다
"제발 장갑 좀 뒤집어 놓지 말라고요……."

그런 후 설거지도 하지 않는 남편
장갑 때문에 화가 났을까
그냥 둬야 하나
바르게 해 놔야 하나
육십이 넘어서 부부는 주방에서
싸우고 또 싸우고
고무장갑 앞에서

TV 요리시간

콩나물국에 소고기도 넣고
추석 때 먹던 전으로 찌개도 하네

문간방 신혼시절
작은 부엌 석유난로에 힘들게 한 요리
콩나물국에 소고기 넣었다고 투정
전을 찌개에 넣었다고 투정

지금까지 콩나물국에 소고기는 절대 안 넣고
전은 끝까지 전으로만 먹어요
김장 김치에 감도 사과도 넣고
가지로 김치도 담근다는데
그렇게 하면 또 투정을 할까

틈

매일 밤 화장실 비누를 갉아 먹는 놈이 있네
다음날은 식탁 위의 두부도 갉아 먹고
커튼걸이 틈으로 생쥐가 들락날락
밤이면 찾아오는 불청객

일층 집안의 빈틈을 막았다
여기 막으면 저기로
저기 막으면 여기로
어김없이 찾아 들어왔다

온 집안의 틈이 다 막혔는지
어느 날부턴가 안 오네
이제 끝났나
아니
어디선가 다른 틈을 찾고 있겠지

응급실

서울대병원 응급실
철침대 환자용
둥근 의자 보호자용

1주일이 넘도록 기다려야 해
이곳이 천국인지 지옥인지

이곳에서 침대에 있을 때까지는 천국이
둥근 의자에 앉아 밤을 지새우는 시간은
하루하루가 지옥이네

1인실이 비었어요
지옥에서 다시 천국으로 들어갔어요

이런 경험

신을 벗자 양말이 벗겨져
못 생긴 발이 쑤욱

터진 양말코로 발가락도 쏘옥
걸을 때마다 뒤꿈치에서 신발 안으로
양말이 말려 들어
구두 속에 덧신으로
옆으로 튀어 나와
은밀하게 발을 감춰줘야 하는데
자꾸 자기를 봐달라고 하네

허벅지에 스타킹이 도르르 말리고
걸을수록 커지는 바늘구멍
운동화 속에서 자다 압사한 귀뚜라미
내 양말과 함께 생을 마감한다

메주 쑤는 남편

커다란 솥에다 노란 콩 한 자루 푹푹 삶아서
메주 만들어 된장 간장 만든다네

하늘나라 가신 엄마 생각나
김장 안 하고
된장 간장 고추장도 하지 않았는데

마누라 대신
솥 걸고 나무 때서 콩 삶아
자루에 넣고 밟아서 메주 만든다네

쿵쿵 쿵쿵
힘차게 밟는
메주 쑤는 남편의 얼굴엔 땀방울이

개밥 주는 남자

손목에 깁스한 아내를 위해 요리한다
청국장 숙주나물 고등어 요리한다
작은 냄비에 세 가지 다 넣고
가스 불 켠 모양
맛있게 보글보글 끓어 넘치고
저녁 식탁이 차려졌다

보글보글 청국장
아삭아삭 숙주나물
잘 구워진 고등어를 상상한 식탁은

아뿔싸
청국장 속에 고등어가 들어있다
숙주도 떠다니고
뭐야 개를 위한 요리인 걸 몰랐구나

대추밭 주인

붉은 대추나무 밭
뱀이 무서워 빨강 장화 신고 풀숲을 간다
이야기하며 대추를 따자는 밭주인의 유혹
하나둘 따기도 힘든데

대화하며 따야 즐겁다고 한다
웃음이 뚝 떨어졌다
밭주인의 사다리를 잡아주고
긴 장대 집어주고
대추나무에서 기쁨의 열매가 우수수 떨어졌다

우리 농장 봄

개나리는 봄의 전용
철쭉 핀 5월
수줍은 흰 딸기꽃
딸기 몇 개 달았다

흰 수국 파꽃 꽈리
붉은보라 엉겅퀴 함께 흔들흔들
넝쿨장미 얼굴 붉어졌다
흰 접시꽃
난쟁이 채송화 분홍 봉선화 마주보고
꽃들은 요란하다
귀에 익은 봄이 오는 소리

자두 사세요

트럭에 싱싱한 자두 가득 싣고
자두 사세요
농부의 따끈따끈한 목소리
사람들이 우르르 모여들었다
비닐봉투가 모자라네
잔돈도

내년에 더 많이 팔아야지
과일가게도 없고
주차시비도 없는 곳에서
우렁차게 자두 사세요

우리는 친구

체리 앵두 보리수
맛과 모습 달라도
봄이 열리면 제일 먼저 열매가 맺히지
자두 복숭아 살구
달린 모양 다르지만
계절 따라 열매를 매달아

옥수수는 옆에서 하모니카 불고
가을이 데려온
도토리 대추 밤
감 호두 은행 우리 모두는
겨울동안 먹을 양식이라네

농장 이야기

― 광주시 도척면 추곡리

봄이 열리며
체리가 맺히고
우물가 앵두나무에
다닥다닥 열매가 달린다
앵두는 작아도 달콤하다
길쭉하고 시큼한 보리수 열매도
망울망울 열리기 시작한다

여름에는
씨알 좋은 자두가 달린다
복숭아 왕대추도 햇살 아래
붉게붉게 익어간다
밭고랑엔 푸른 상추와 깻잎
옥수수 감자 가지 오이도
서로 곁눈질하며 쑥쑥 자란다

가을바람 불면 고추잠자리가 날고
콩깍지를 터트리며 옥수수 수염 길어진다
흔드는 바람 앞에 나뭇잎 지고
무 배추 김장을 기다리고

마당 앞 땡감 주렁주렁 가지가 휜다

찬 서리 겨울 문턱으로
우수수 은행알 쏟아내고
청설모 오르던 호두나무에 흰 눈이 내리면
철 따라 이야기꽃 피우는 농장에는
하얀 입김 따스한 솜이불 덮이지요

단풍나무

잠자리 날개 닮은 씨앗들
흙에 뿌리 내리고 줄기가 나오고
아기 단풍나무 자라고 있다
세월이 지나
튼튼한 청년으로 컸다
두 나무가 가지를 맞대고
서로 손 붙잡고
빨강 단풍터널 만들었네

멧돼지의 실망

봄날 두 노인
기둥 세워
초록 망을 쳐 놓고
개구멍으로 기어다닌다

고구마 순 심어
잡풀 뽑아주고 물주고
잎과 구근이 무르익어도
멧돼지는 실망하며 돌아간다
두 노인의
행복한 결실의 시간이 익어간다

멧돼지가 보고 있다

숲 사이에 숨어서
지켜보고 있는 멧돼지
길쭉한 주둥이
송곳니가 옆으로 삐져나와
달려들면 어쩌지
등골이 싸늘해진다

남편
울타리 무너뜨리고 밭을 갈아엎어
신나게 파먹는 그놈을 잡겠다고
웅덩이를 파고 덫을 놓고 있다
고구마가 쑥쑥 자라기를 기다리는 놈은
덫을 놓는 남편을 보고 있겠지
송곳니를 세우며

비우고 살기

끝없이 쏟아지는 살림살이에 깜짝 놀란다
이 많은 것들을 어디에 쌓아 놓았던가
비우기 연습
오래 된 친구 같은 피아노
이웃집에 주고
신세 진 에어컨 뜯어내고
쌓인 물건 하나씩 비운다
솜털처럼 가벼워지는 마음
인생은 비우며 사는 것

닭들의 우정

용인 닭이 사는 울타리 안에
여주 닭이 들어왔다

여주 닭은
용인 닭의 텃세에 삐쩍 말라 갔다
"이곳을 나가야지 더 이상 못 살겠어
나가면 어쩌려고"
둘은 울며 헤어졌다

서로를 걱정하며
그렇게 이십여 일이 지나갔다

혼자 남은 닭도
외롭고 무서워 친구 찾아 울타리를 나왔다
'멧돼지에게 당한 건 아닐까
친구야 어디 있니?'

멀리서 절뚝거리는 닭
"이 꼴이 뭐람
지렁이 한 마리도 못 잡아먹었니?"

표석화 시집

울 안으로 돌아가자
둘이 같이 견디자

닭들이 사는 세상으로

북창

내 작은 방 북쪽으로 난 창문
초등학교 운동장 마주보는 북창이 숨을 쉰다
재잘대는 아이들 조회 애국가에
쉬는 시간마다 알람 음악이 흐르고
느티나무 그늘 속 참새 지저귐은
시계 초침소리 같고
퇴직한 지 오래 된 지금
아이들이 돌아간 텅 빈 운동장
낙엽이 바람에 구르고
밤알이 불쑥 터져 나오는 걸 지켜보며
북창은 오늘도 숨쉬고 있다

*9평 원룸

오 둥근 달

동창에 보름달이 걸렸다
둥그렇다 이지러지고 멀어지며
한 바퀴 돌고 도는 동안
나는 기다렸네
반갑다 달아
밤하늘 웃고 있는 너
너를 보며 잠을 설치고
한 편의 시를 읊는다

나쁜 여자

그 사람이 간장병을 떨구었다
찬장에서 콸콸 검은 액체가 폭포 되어 흐른다
나는 못 본 척 안방 문을 닫았다
그 사람 라면 하나 꺼내려 한 것뿐인데
검은 간장과 싸우고 있다
참 운수 사나운 날이다

운수 사나운 날의 연속

농장지기 그 사람 의기양양하게
트럭을 몰아 누렁이에게 간다
느티나무가 마음에 안 들어
가지치기를 한다

나무에서 떨어진 잔가지
얼굴을 할퀴고
의기소침해
귀가한다
어제 건드린 자존심이 삐죽 나와 있다
느티나무를 자빠트리려고 했나

서로 씨름하다 반나절이 지났다
오늘도 운수 사나운 날

바람 부는 가을날

나뭇가지에 옹기종기 매달려
내내 푸르던 잎
후득 후득
가을바람에 떨어지는 저 소리
그대 들리는가
떨어진 낙엽
다시 깨어나 한 무리 나비 되어 훨훨
바람 부는 날 자유롭게 떠다니며
그대에게 가을 편지를 띄우네

어느 때 쯤엔

아침 햇살에 일어나
따뜻한 물 마시고
어제처럼 사과를 깎고 은행을 굽다가
새모이 놓인 창 앞에 서 있다
팥죽을 먹고
따뜻한 물에 발 담그고 '신과 함께'를 본다
나만 보는 남자
보름달이 내려다보는
방에서 잠들고
먼 훗날
이런 평범한 것들도
혼자일 테지

2019년 재앙의 봄

개구리에게 마스크를 씌워라
달래 냉이용 마스크를 만들어라
나를 위해 미세 먼지를 없애라

소리치니
인공 강우를 만들어라
자연인이 되어 마차를 타든지
괌으로 날아가고
어쩌면 이민도 가겠네

초등학교에 커다란 정화기를 앉혀주고
하늘을 뚫어져라 관찰해 봐
사람을 위하는 일이니
창문 사이로 비집고 들어오는 초미세 먼지
폐를 공격해 헐떡이는 숨소리
혈관에 뇌까지 미세먼지 몸속을 누비는구나

하늘 숲도 회색 빛으로 바꿔놓고
검은 마스크면 그만인가
핑크색 립스틱은 언제 바르지

문을 나와서

사월의 문이 열렸다
누가 오길래 저리도 야단일까
땅을 일구고 꽃씨를 뿌려야겠어
깨진 항아리에도 꽃을 심어야겠지
버티고 있는 뿌연 먼지에도
봄이 가기 전에
꽃이 다 지기 전에
고양이 낙타 물고기 자세로
건강한 허리를 펴고
하늘하늘 분홍치마 날리며 꽃길을 걸어야겠어
문을 나와서

봄의 소리

뿌연 먼지 속을 뚫고 나온 어린 싹
햇살 아래 어미닭 알을 품고
햇쑥도 파란 얼굴을 내밀었다
한 뼘 봄이 왔구나
뻐꾸기가 날아와 쑥국쑥국
미루나무 고목에 앉았다
겨우내 숨죽이던 들판
움츠린 관절
삐꺽이며 일어난다
조용히 귀 기울여 봐 봄의 소리에

자목련 피면

지난 밤 내리치던 천둥
모처럼 파란 하늘
내가 앓는 사이 목련이 슬쩍 기지개 펴고
붉으스레 얼굴 내보인다

피멍 터져 자목련이 된 듯
멍울 쓰다듬어 어머니 맺힌 가슴에 꽃을 피우나
저절로 피는 것이 아니다
메마른 가슴의 봄을 알리려는 저 목련

바람에 날리며 꽃잎 땅에 떨어져
초라한 모습 되면 봄날도 가겠지
묵은 편지 태우다 남은 조각 왠지
그리움 타는 향내가 난다

1919 그리고 100년

서대문 8호 감방
100년 전 어린 소녀들이 독립을 위해
일어서기 시작했다
아우내 사건 주동자 이화학생 수원기생

곳곳에 모인 이 시각장애인도 있어
옥중 출산에 아기 돌본
서대문감옥 방장
머리 뜯기고 손톱도 뽑히고
뜨거운 물과 달군 쇠붙이에 당한 고문
온몸은 만신창이
형무소에서 생을 마감한 유관순

여성 영웅들이여
태극기 흔들며 잔인한 고문 이겨낸
소녀들의 나라 사랑
죽어도 죽지 않았다
그녀들의 조국
들리는가 아우내 장터에서 외치던 만세소리를

5 _부

산타모니카 해변의 하루

점심도 못 먹은 날

초등학생 아들 목에 걸어준 열쇠
맨홀 속에 빠졌는데
손이 닿지 않아
내버려 두고

아파트 현관문 앞에 엎드려
그림일기를 그리고 썼다
제목이 점심도 못 먹은 날

그리고 다음날 열이 나 소아과병원에 갔다
이삿짐 속에 아들의 그림일기 찾아내서
그날의 일기를 봤다

점심도 몬 먹은 날

연극 공연

무대 위의 배우들 얼굴이 낯설어

같이 노래 부르고
손뼉치고 행복한 시간이었으면 그만이지
몇 십년만에 만난 동창들

아들과 같이 본 천막 속 고양이 연극
따뜻해 잠이 솔솔 오네
행복한 꿈 꾸는가
고양이탈 쓴 인간이 돌아다녀서 놀랬지만

이제는 가정 꾸민 아들
새봄에 선영이와 행복하게

농장 근처 도척마을은 살아있는 고양이 천국
집집마다 쓰레기 더미는 고양이 집
초미세 먼지 속에 고양이를 위한 마스크가 필요해

완행열차

아들이 예약해 준 무궁화호
청량리에서 커피 한 잔

남편과 자리를 잡고
밤을 달리는 기차는
느리게 느리게

온몸이 뻐근해질 때 쯤
정동진역에 도착했다

솟아오르는 해를 보려고
다정한 펭귄들처럼
모래밭에 앉아 있다

하늘은 심술 난 구름
모래밭 위의 펭귄들은 컵라면만 먹고 있다

아들이 예약해 주는 완행열차
다시 탈 수 있을까

남편은 아들의 신혼여행도
무궁화호로 예약해 주라는데

둥지 속 행복한 노래 |

춘천 가는 길

아들이 근무하는 춘천을 향해
서툰 운전 솜씨로
운전을 한다

팔십킬로로 달리는데
몸이 아픈 남편은
조수석에서 마음이 조급하다
일차선 이차선을 넘나들며
신나게 폼나게 달려야 하는데
조수석에 앉아
안절부절이다

밤늦게 도착해 만난 아들은
거수경례도 안 하네

충성

해야지

면회 가는 길

한 가지씩 집에 두고 간다
이상하지

청바지를 가져갈 땐
모자를 안 가져가고
운동화를 가지고 갈 땐
양말을 안 가져가고
피자 햄버거 케익을 가지고 갈 땐
뭘 잊었더라

집으로 오자마자
다음에 가지고 갈 것부터 챙겨 놓는다
청바지 모자 운동화 양말

그래, 아들을 만나서도 잊은 것이 있네
다음에 또 춘천에 오라고

아들네 집

봄이 열리고 제일 먼저 열리는 열매
체리 앵두 보리수

여름을 알리는
자두 복숭아 매실

가을 열매
호두 감 대추 은행
오이 호박 가지 토마토 고추
열매가 맺힐 때마다 가져다주고 싶다

감자 고구마 옥수수 알이 굵어져도 생각이 난다
빨간 고추 따서 말리고
땡감도 곶감 만들어
주고 싶다

청국장도 된장도
배추 무 갓도

아들은 퉁명스럽기만 하다

며늘아 너라도
시아버지가 만든 채소 과일
이웃과 친구와 나눠 먹으렴

나의 요리 솜씨

사십여 년을 가방만 들고 다닌 나
남편은 그렇게 말해요

요리를 할 줄 아는 것이 뭐더라

그래도 어느 연수장에서
요리 잘 하는 그룹에서 공부했지요
잘 하는 요리가 뭐냐

호박죽
식혜

커다란 솥하고 늙은 호박만 있으면
전기밥솥과 엿기름만 있으면 되는

새봄이

무대만 올라가면 펄펄 뛰어다니는 봄이

설날 할아버지 할머니 앞에서
한복 곱게 입고 부채춤 추고

초등 1학년 입학 기념으로
아빠와 함께 발레를 보여주고

이마에 땀이 송글송글
숨이 할딱할딱

우리 봄이 장래 희망이
아이돌이라며

무럭무럭 자라서
멋진 공연하길
할머니 할아버지는 기도한단다

미국에서 살아남기

아르바이트 일찍 끝나서 다행이야
바빠서 다행이야
말 섞기 싫은데 주고 받지 않아 다행이야

말도 안 통하는데 견디고 있는 사람들 속에
버티다 에너지가 바닥이야
한없이 처지는 몸 비타민으로 세울 수 있을까

7시부터 잤더니
두 놈이 꺼이꺼이 우는데도 못 일어나
무서워서 둘이 껴안고 잤다데
불도 끄고 문단속하고

밥 먹을 시간도 없이
치과 한글학교 성당 할로인파티
데리고 다니니
두들겨 맞은 듯 아퍼
끝없이 잠들고 싶어

귀하게 키우나 봐

엄마가 아파도 거들떠도 안 봐

그런 놈을
엎어놓고 두들겨 팼어
비싼 장난감 사오자마자 망가트렸어
치과에 낼 돈도 없는데

체리를 땅에 떨어트려 다 쏟았어
문밖으로 내보냈어
소리지르고 야단치고 엉덩이 패고
내가 맞은 것 같았어

소포 속에 내 마음도

태평양 건너갈
소포 꾸러미

속에 몰래 넣은 어미 마음
저울에는 함께 안 달았나 봐

우체국 노란 상자 안
옷가지 속에 넣은

모정의 마음도 함께 전달되기를

벤치와 검은 사내

- 미국 LA 한 공원에서

LA 팍 라브레아 공원에 가면
매일매일 그 벤치에 앉아 있는 사내가 있다

검정 우산을 들고
커다란 가방 고무줄로 둘둘
뭔가가 말려 있다

사내에게 자꾸 눈길이 가 가까이는 못 가고
혼자서 생각한다
영어로 무슨 말을 하는 것일까

팍 라브레아 아파트 정류장 벤치에는
또 다른 검은 사내가 그 곳에 앉아 있다

벤치에 그냥 앉아 있다
어느 날 사내들이 안 보이면
이상하다 빈집을 보는 듯하다

167

산타모니카 해변의 하루

추억을 안고 있어요
비키니 아가씨들 아슬아슬
넓고 긴 모래밭
초콜릿 빛 아가씨들 엉덩짝도 슬아슬아

검은 몸의 청년들
바닷가의 자유
태양 볕에 굽는 몸
물구나무선 젊은이들

왔다 갔다 아이스크림 나르는 아빠
엄마의 눈빛은 아이에게 꽂혀 있고
레게머리한 검은 두 꽃송이
뚱보 엄마 함께 뒤엉켜
푸른 바다를 보고 있어요

아시아에서 온 할미와 하비 손녀들
파도 위에 날고 있는 하얀 바닷새와
추억을 쌓고 있어요
노랑꽃 흰꽃 검은꽃 평화로운 꽃밭

하느님의 가족들
모두가 즐기는 산타모니카 해변

어떤 향기

장미향이 참 좋아
시원한 초록빛 풀냄새
밤꽃 향기 어지러워라
낙엽이 타는 추억의 냄새

내 몸을 감싸는 은행나무의 향기
헌옷에서 풍기는 친정엄마의 그리움
초등학교 숙직실의 퀴퀴한 냄새 기억

13시간 하늘에 떠 있다 내려
LA 공항에서 만난 손주에게
먼저 준 지독한 할미 냄새는 어땠을까

판도라 상자 속에 숨은 향기의 기억들

사과 오이 호박

동그란 사과 닮은 단아
얼굴이 동글동글
마음이 둥글둥글

길쭉한 오이 닮은 나나
갸름한 얼굴
눈이 가늘고 고와

누런 늙은 호박 같은 할미
점점 둥글게 퍼지고

사과 오이 호박
정다운 채소 가족

The Turtles Who Went to the Lake

Dana Kim(손녀)

Granddaughters who went to California,
When they went to China Town they bought two baby turtles.

Because they cared for them so much,
They were big as an adult's hand.

After three years they needed to visit Korea but,
They can't let the turtles go.
So, they made the turtles a machine to give them food.

The turtle's news finally got to Korea from California
Seeing the two big turtles in one small cage,
They need to decide to release the turtles.

Let's go turtles,
Let's go to the Colorado River to your habitat

The turtles don't even look back and goes.

*Hancock Park 5th grade

강으로 가는 거북이

미국으로 간 손녀
차이나타운 가게에서 작은 아기 거북을 샀다

애지중지 돌보고
어른 손바닥만큼 큰 거북이 두 마리

3년이 되어도
놓아주지 못 하네
밥그릇 만들어 주고

거북이 안부가 미국과 한국을 오갔다
같이 지내기 힘든 거북일 보며
마음을 비우네

거북아 가자
콜로라도 큰 강으로 고향 찾아가자

뒤도 안 돌아보고 신나게 물속을 헤엄치는 거북이

단아언니

베베궁
우는 동생 교실 기웃거리고
언니노릇 하는구나

할미가 뽑은 병설 유치원
피아노 연주도 하고

초등학교 1학년 5반 교실은 2층이야
수업 끝나고
방과후 공부하고
컴퓨터 교실은 4층이고
도서관 체육관도 알아놔야 해
주산 마술
할 일이 참 많아

나나야

베베궁,
할미 등에 업혀 울며불며
기저귀 찬 아이들의
첫날 첫 시간
과학 선생님은 무슨 공부를 시키지

이화 어린이집
"나나 잘 보세요. 걱정 마세요."
잘 어울리고 있으니

성모 유치원
수녀 원장님 항상 빗자루 들고 계시네
다정한 남자 친구와 손 꼭 잡고 있는 행복 나나

미국까지 갔구나
한글도 모르고 영어부터 배운 나나
보고 싶구나

다섯 살 나나가 보는 눈

하비는 밥 잘 먹어
할미는 양치질 잘 하네

나나는 뭘 잘 하지?
응가 잘 해 맞아 맞아

단아언니는 뭘 잘 하지?
공부 잘 하는구나

엄마는 뭘 잘 하지?
방마다 불 켜놓고
안 끄는 거 잘 하는구나
맞아 맞아

시인 최 영 희

표석화 시인은
오랫동안 교육공직을 마치고 둥지로 돌아왔다
시인은 꽃밭을 만들고 씨를 뿌리고 자작시 꽃을 피웠다
마음을 비움으로 금욕적인 삶으로
시인은 더 많은 행복을 구워냈다
도피할 곳이 없는 현대사회의 질병에서 분명 쉴 곳은
흙냄새 풍기는 질그릇 닮은 시인의 순수시에서
산소를 호흡하며 행복 바이러스 영혼이
우리 곁에 오래도록 불어오기를 기대하여 본다.

시인 김유미

뚜벅이가 되어 모난 길에서도 돌아서지 않았다
생의 정점을 지나서야
멈춰 서서 고여 있던 잔영들을 뒤척이기 시작했다
표석화 시인의 글을 마주하면
풀냄새 같은 동심에 동화되어
누구나 절절한 그리움으로 담겨 있는
어린 시간들이 쏟아져 나온다
난해한 문장들이 날아다니는 시 세계에서
오랜 세월 아이들과 함께해
아이들보다 더 순수한 감성으로 써 내려간 시어들이
봉숭아 물같이 예쁜 색으로
우리들의 마음을 물들여주길 바라며
무한한 발전을 기대합니다.

이 도서의 국립중앙도서관 출판예정도서목록(CIP)은 서지정보유통지원시스템
홈페이지(http://seoji.nl.go.kr)와 국가자료종합목록 구축시스템(http://kolis-
net.nl.go.kr)에서 이용하실 수 있습니다.
(CIP제어번호 : CIP2019025241)

표석화 시집
둥지 속 행복한 노래

지은이 / 표석화
발행인 / 김영란
발행처 / **한누리미디어**
디자인 / 지선숙

08303, 서울시 구로구 구로중앙로18길 40, 2층(구로동)
전화 / (02)379-4514
Fax / (02)379-4516
E-mail/hannury2003@hanmail.net

신고번호 / 제 25100-2016-000025호
신고연월일 / 2016. 4. 11
등록일 / 1993. 11. 4

초판발행일 / 2019년 7월 1일

값 12,000원

※잘못된 책은 바꿔드립니다.
※이 책은 성남시의 문예진흥지원금을 보조 받아 발간되었습니다.

ISBN 978-89-7969-803-9 03810